시절 피는 아침

시절 피는 아침

문힘시선 038

시절 피는 아침

이자영 시집

도서출판 문화의힘

성실과 겸양의 미덕

조 명 제(시인, 문학평론가)

　서울 광진문화원에서 시낭송 지도자 양성과정과 논술 및 시 창작 수업을 수강한 이자영 씨가 시집을 낸다. 등단 시인 유현민 씨와 함께 충남 서산에서 서울까지 왕래하면서 성실히 공부하고 노력하는 그의 모습이 참으로 감동적이었다. 그는 서산의 흙빛문학회의 일원으로 진작부터 수필을 발표해 왔다고 했다. 논술특강 시간의 산문 과제들에 약간의 첨삭을 해 주며 그의 섬세한 수필적 자질을 확인할 수 있었다.

　시 창작 수업에 있어서도 그는 성실히 공부함은 물론 가능성의 재능을 보여주었다. 시 창작 과정에서는 습작 과제 시 20~30여 편을 모아, 수료 기념 소시집(과제물)을 묶기로 했었다. 이자영 씨는 초심자 치고 문장과 구성이 어물지 않은 습작품을 제출하곤 했다. 시는 문학 장르 중에서도 가장 어렵고 고도한 영역의 것이어서 단기간에 시의 권역에 들 수 있는 것은 아니다. 그의 성실한 과제 시들을 지도하면서, 계속 정진하여 장차 기성 시의 문턱을 넘어설 수 있겠다는 생각을 해왔다.

금년도 문화원의 모든 수학受學 과정을 이수할 무렵, 수강자들은 넘치는 의욕으로 그간 56편의 시를 써서 기념 시집으로 출간하여 과제로도 대신하겠다는 것이었다. 나는 극구 말리며, 수강 결산 소시집은 과제 형식으로 제출하고, 계속 정진하여 등단한 다음에 시집을 낼 것을 강권하였다. 나의 설득과 강권에도 이자영 씨는 기어이 등단 절차를 외면하고, 수료 기념 시집을 내겠다는 의지를 꺾지 않았다. 서운함보다도 그의 인생관과 세계관에 대한 생각에 결국 내가 양보하기에 이르고 말았다.

그는 진작 수필을 써 오고, 흙빛문학회에서 발표도 해 왔지만 굳이 등단할 생각이 없다고 했다. 자신보다 훌륭하고 재능있는 사람들이 허다한데, 제도권 문단에 끼어들어 어지럽게

할 일이 있느냐는 것이었다. 말하자면 자신은 자신의 몫을 잘 안다는, 실로 겸허한 말씀이었다. 좋아서 하는 문학, 즐겨서 하는 문학이면 족하다며, 이왕 광진문화원에서 시 공부를 하였으니, 과제 시편들을 다듬어 수료 및 인생 기념 시집을 내겠다는 것이었다. 이자영 씨의 확고한 의지를 감지하고 며칠을 생각한 끝에 그의 뜻을 따르기로 했다.

쓰나마나한 시가 넘쳐나고 있는 현실의 시 문단을 생각해 볼 때, 이자영 씨 같은 생각이 얼마나 고귀하고 담대한 것인지를 깨닫게 된 것이다. 그의 사상과 판단력과 용단이 어떤 영웅의 깃발처럼 드높이 펄럭이는 장면이 머릿속을 채우기 시작했다. 그렇게 하자, 이렇게 시집을 내게 하고, 그가 바라는 대로 수학修學의 인연에 따라 서문이라도 써 주기로 하자라는 결심을 하게 되었다.

이자영 씨가 쓴 시 가운데 짧지만 격조 있는 시 「바람이 전하는 말」을 인용하며, 글을 맺는다.

　　개심사 세심동 지나는
　　돌계단 틈 질경이는
　　발자국 온기로 자란다

　　낮은 몸으로 공양을 올리는
　　풀잎 보살 가벼운 몸짓도
　　구멍 숭숭 뚫린 잎도
　　빛나는 말씀이다

　　하늘도
　　경지鏡池에 구름을 내려놓는다

2025년 12월

7

시절 피는 삶 속에

돌아보니

지나온 발자국의 자취가

무논의 두렁길을 걸어온 듯합니다

깨끗하게 포장된 단단한 길을

걷는 다리에 힘을 주며

걸어가는 발들이 부럽기만 하였습니다

발길이 무거워

호흡이 힘들 때마다

문학의 향기는 숨트임이 되었습니다

밥으로만 살 수 없다는
시절 피는 이야기로
세상을 딛는 발자국에 온기를 느낍니다

지금까지
시절 피며 살아온 것처럼
앞으로도

시절 피는 길들을 걸어가겠지요.

2025년 12월

이자영

제1부 어머니의 해당화

제2부 바람이 전하는 말

제3부 겨울이 시 쓰다

제4부 영산홍 또 그런다

시절 피는 아침

제1부

어머니의 해당화

돌봄 로봇의 하루

눈 뜨임이 입력된 시간
어제의 잔해를
양변기 물살에 휩쓸려 보내고
숟가락질로 오늘의 에너지 충전 완료

집 밖을 한 바퀴 돌아서 향하는 곳
카드를 출근기에 꽂자
츠르륵 소리가 인사를 한다
지난밤 별일은 없었는지
둘러보는 방마다
녹슬어 가는 인간 로봇들
기억의 잔상 붙잡고
허공을 지켜내는 일상

듣고 싶은 말만 듣는 고장난 로봇
이따금 눈동자 굴리는 소리
들리지 않는 귀의 반응에 미소가 답한다
기억의 삭제는 유죄
시간의 박음질은 같은 줄로 반복되고

재활용은 별나라의 꿈

오직 폐기 처분만을 기다리는
종점을 향해
하루를 짚어가는 그 길에
우리도 서 있다

자화상

웃는 듯 우는 듯
밥풀 크기의 눈
파머의 결박에서 풀린
희끗희끗한 머리카락이
들깨 모종 심으며 흘린 땀방울로
눈 치켜뜨면
이마 위에 제멋대로인
생각의 골타기
비가 세차게 내리던
어느 해 여름
입(ㅁ)의 양 옆에
팔(八) 자 물길이 생겨나더니
그때부터
슬픔과 기쁨이 지나다녔다
생긴 대로의 모습으로 살아간다는 것은
한 장 달력이 제 몫의 계절을 넘기듯
삶을 평안하게 한다

여름밤의 꿈

네가 아니면
내가 아니면
못 산다 죽자커니
하나뿐인 목숨 디밀면서
용광로같이 보챘던 사랑
그 사랑도 한여름 밤의 꿈
우리의 여름 밤하늘에는
수많은 별들이 뜨고 있다네

백 세 넘긴 시어머니 꿈도
여든 바라보는 며느리 꿈도
조금만 더 가면 닿을 듯
세월의 다리 건너다
문득 뒤돌아보는 순간
무지개 그림자 길게 늘인
신의 꼬리가 지나간
한여름 밤의 꿈

가을

앞산 밤나무 잎들이 서둘러 가지를 떠난다
가을은 비워내는 계절
나무들도 그것을 알기에
묵묵히 한 자리에서 지켜온 것들을
생각의 숫자가 만들어낸 색의 숫자쯤 되는
단풍이란 이름으로 인연의 매듭 풀며
가을을 지난다
삶은 가벼울수록 좋다고
겨울 추위의 혹독함도 두렵지 않은 듯
훌훌 풀어 보내는 뜨거웠던 집착의 시간
그런 나무를 바라보며
인연의 가지치기 한다
번갯불에 덴 듯 뜨겁던 여름 지나
버려야 할 것들은 보이지 않는 내면에
더 많은 단풍의 물 들였다
오늘은 그것들을 비질로 갈무리한다
너무도 가볍게 날아가는 것들과
무게로 버티려는 것들
대나무 빗자루에 들어 있는 소리로 비워내는

가을의 소리가 좋다
무심코 주머니 속에 넣은 손에 잡히는

서리태콩 두 알
훌훌 날아가라고 툭툭 떨어내었다

그믐밤

캄캄한 세상 탓하며
지나온 길 돌아보니
당신의 그림자가 늘 함께였습니다
이제는 서로 익숙하여
미운 정도 붙어 그러려니
서로 편할 때도 되었지요
그러나 아직도
힘들다는 속내 드러내지 못하고
어쩌지 못하는 내 몫이려니
당신 그림자
발등에 얹힌 채로 걸어가고 있습니다
보지 말아야 할
알지 말아야 할 것들로부터
감싸듯 나를 키워 낸 당신
그 짙은 어둠이
나를 위한 것이었다고 믿어봅니다
알아도 외면하고픈 내면의 갈등
발등에 얹힌 것들이 제 살처럼 굳어지고
그믐밤 침묵의 어둠은 무게를 잃어 갑니다

세상 빛의 두려움 모르는
겁 없는 한 포기 잡초로
바람에 눕는 그림자 일으켜 세우고
다시 일어나 걸을 수 있음은
빛을 꿈꾸게 하던 당신의 어둠이
늘 함께이었다는 것을 압니다

해당화

만리포 백사장
소실댁의 입술처럼
피어 있는 해당화에게

얼마나 바다를 사랑하는지
묻고 또 물었다
해당화는 말없이 푸른 바다를 바라보다
붉은 입술
꽃잎을 백사장에 떨구었다

근처를 지나던
연인들이 떨어진
입술을 주워들었다

너희는 알고 있니
소실댁 꽃분홍 몸짓과
탄식의 나직한 속삭임

나처럼

피고 지는

삶도 있단다

어머니의 해당화

매미들 떼창 소리 가득한 한낮
대청마루 다듬잇돌 위에 풀 먹은
이불 홑청이 반듯하게 접혀서 올려지고
광목 보자기 덮은 그 위에서 어머니는
뒷짐 지고 서성이듯 발 옮기며 밟으신다
풀물이 홑청에 스며들어 구김이 펴지듯
어머니의 시름도 잠시 펴지는 시간
할머니의 회심곡 레코드판 내리고
어머니가 좋아하는 판을 올렸다

"해당화 피고 지는"
전축의 바늘이 지나는 검은 길가로
해당화가 피어나기 시작하면
골방에서 잠자던 홍두깨가 나와서
다듬잇돌에서 시름 펴는 이불 홑청
겹겹이 몸에 두르고 대청마루에 눕는다
어머니 두 손 방망이가 박자 맞추기 시작하면
레코드판 다시 뒤집어 바늘 얹는다

홍두깨질 소리가 안마당 지나 대문 나서자
기다렸다는 듯이 목청 한껏 높아지는 매미들 합창
파도처럼 몰려와 숨이 넘어가듯 잦아드는 반복의 열기
그 소리 틈새에서 피어나던 어머니의 해당화
진분홍 꽃잎은 어린 가슴에 소리 없는 절규가 되고
이 여름 매미 소리 유난스러운 날이면
떨궈진 꽃잎 스쳐 지나듯 다가오는 유년의 기억
"해당화 피고 지는 섬마을에"

귀를 막은 바지랑대 오후의 햇살 걸쳐지고
빨랫줄에는 두들겨 맞은 이불 홑청이
하얀 자존심 빳빳하게 펼치어 내보이고
담장 밖 꽃밭 가시 줄기 반듯하니 세운
무더기로 피어나던 어머니의 해당화
진분홍 내 어린 여름이 꿈처럼 찾아든다

만대항

속살 썰물에 씻겨진
당차게 하늘 마주한 진득한 갯벌
삶의 치열함 속에 휴전 같은 시간
초면 인사 멋쩍게 건넨다

찾아온 이를 수줍게 하는
갈매기의 조용한 비행
작은 어선 몇 척은
서로에게 어깨 기대어 졸고 있다

파도 따라 나갔던 바람이 이따금 돌아와
갯벌의 휴식을 감시하듯
낡은 어선들의 색이 바랜
깃발 사이 정적 흔들어 본다

갈매기조차 묵언 수행하는
심심한 썰물의 한나절
큰 바다에서 만선의 돛 올린 어선들이
푸른 파도와 갈매기 몰고 돌아오는

꿈을 꾸고 있는 만대항

만대항 맛을 보다

길이 멀어
때 지난 허기는
파도처럼 밀려 왔다

생의 소리마저 숨죽이듯
시골 간이역 같은 한적한 항구에
항구를 지켜 온 낡은 건물
홀로 소주잔 기울이던
검게 탄 남자에게 주문한 해물칼국수

만대항 닮은 그릇에
들어앉는 만대항
바지락, 오징어, 꽃게, 만득이……
만대항이 끓어오른다
바지락이 내 입처럼 벌어지며

해변에 물거품 쏟아내는 파도처럼
만대항이 끓는 가장자리에
자글자글 피어나는 거품 이야기

입 벌리는 조개를 찾아
갈매기의 비행이 시작되었다

꽃구경

지나가는 바람처럼
길을 나서고픈 날들이
일상에 붙잡혀 넘어지는 하루

기우는 마음 저 편으로
빗방울 따라 꽃잎 한 장 떨어진다
비야 제발 꽃 다치지 말아라

밤마다 소쩍새
꽃이 진다고 봄이 간다고
취기가 오르는 듯 붉어진 들판
빗방울 하나 꽃잎에 떨어지니
삶도 꽃잎처럼 가벼워진다

문수사 겹벚꽃이 한창인데
좋은 시절 꽃구경 모르고 저무는 삶
이제는 좋다 좋다면서
열사흘 낮달은 꽃가지 위로 내려앉고
시간은 붉게 취해

겹벚꽃 치마폭으로 달려드는데
사월의 꽃 그림 속 나비가 되는 모녀

채송화

뒤란의 장독대
고추장 단지 앞에서
봉숭아 올려다보며
해마다 피어나던 꽃

아침이면 꽃잎 열고
해 질 녘엔 잎 닫는
때를 알던 채송화

할머니가 겨울날 잡수신
하얀 꼬막껍데기 발판삼아
봉숭아 곁에서 발돋움하던 너

뒤란 굴뚝 모퉁이
동생과 소꿉놀이 지켜보며
수줍게 웃던

나 닮은 너

어머니

계절을 가르는 비 그치더니
안개가 빗장을 채운다
먼저 간 시간들이 쌓여 밟히고
미처 생각하지 못했던
시간의 냄새가 젖은 채로 흐른다
잉태와 환생의 저 너머까지
기억의 더듬이를 늘이고 있다
안개가 빗장을 푸는지
가슴이 열리고 뼈가 열리고
무의식 속에 늘 함께였던
깊은 곳의 그리움

싸리나무 몽당 빗자루

송화분 날리는 오월에 걸터앉아
냇둑 가장자리 물오르는 봄 꺾어주며
열 손가락 손톱마다 올리던 어린 순정

송화 떠 있는 물결 위에
흘려보낸 순간들이
불쑥불쑥 계절 타고 올라오는데

비질에 쓸려간 수많은 시간의 그림자
마당 구석진 자리 몽당비로 터를 잡고
어쩌다 문득 낮잠 속에 꿈을 꾼다

가지마다 살아나 투명하게 반짝이는
연붉은 진액의 싱그러움
빗자루 살 사이로 물처럼 흘러간 시간

소용돌이 허전한 마음 감아 돌면
추억은 냇둑을 거슬러 올라
뭉뚝하게 닳아 난 기억의 흐름 속에

아득한 세월의 물살 풀어 보낸다

달빛

은빛으로 달려온
당신 손을 잡고 걸어봅니다
숨바꼭질하는 갈잎에도
솔잎 사이 바람에도 당신입니다

아무리 멀리 돌아도
이별은 가깝습니다
집은 늘 가깝습니다

다시금 대문 앞에 서고 보니
어느 사이 당신은
안마당의 꽃을 달래고
뜰 위 신발들을 재우고

하얗게 바래가는 아쉬움으로
마루 귀퉁이 그리움이 되었습니다

가을볕에

울타리콩 부지런히
보랏빛 시간
주머니를 달았다

조롱박들 수다 익어가고
가을볕에
약 호박 홍등이 붉어졌다

마당 가 은행나무
노란 이별은
계속되고 있다

시절 피는 아침

제2부

바람이 전하는 **말**

불

마누라 설거지 벌이
그것도 믿는 구석이라고
해를 넘기며 놀고 있는 사람

내일은 오늘보다 낫겠지
속아주며 쌓였던 불덩이
겨우내 세워놓고 말려버린
고춧대 모아놓고
밭 가운데 불 지른다

마른 가지 같은 살림살이
마음마저 댕겨버린 불길
큰 밭 자락 다 태우고
성이 차지 않아
마른 밭둑 쑥 꽃대
붉게 날아간다

씀바귀 양심

막혀 버린 출구
유리창 너머
하루의 그림자 속에
노란 꽃 무더기로 피었다
청개구리 한 마리
끔벅이는 눈가엔
가을의 망설임들
몇 날이 가고
솜털처럼 내어놓는
결코
가볍지 않은 진실

뒤꼍의 목련

지난겨울
그리운 떨림에 서성이며
넘겨보던 앞마당

몇 날을 밝히며
여위는 몸짓도
모르는 척

가지마다 주저앉아 애타는 망울들
소리 없는 신음에
세상이 열리고

그리움 붙잡아
하얀 등 걸어두면
바람마저 젖어 드는
스쳐 간 인연의 꿈

이별에 젖는 너는 검게 타들어
추억의 향기 부둥켜안고

기다림에 늦도록 바래 가는 미련

사월의 그림자가 꽃뱀처럼
지나가는 오후
네 향기에 베인
가슴은 아리다

추억

저수지 건넛마을에는
눈이 내리고 있다

회색빛 굴뚝에는
우윳빛 연기가
저녁을 불러들인다

떨어지는 눈송이
환갑의 시간들을
눈 속에 묻어버린 소년은

벌써부터
골짜기 산토끼를 쫓는다

저수지 건넛마을에는
눈이 내리고 있다

바람이 전하는 말

개심사 세심동 지나는
돌계단 틈 질경이는
발자국 온기로 자란다

낮은 몸으로 공양 올리는
풀잎 보살 가벼운 몸짓도
구멍 숭숭 뚫린 잎도
빛나는 말씀이다

하늘도
경지鏡池*에 구름을 내려놓는다

*경지鏡池: 개심사 연못

47

시절 피는 아침

개밥 주는디 윗집 할머니 내려왔다

아이구 워치게 시 마리씩이나 멕인댜
쯔근 걸루 하나만 멕이야지 심 안 든대유?
심들쥬 식전부터 개 똥치는 걸루 시작헌다니께유
그러게 허는 소리유 개 오매 노릇두 시운 게 아닌디
강아지 때는 넘주자니께 애덜이 말 안 듣더니
인제는 또 정들어서 안 된대유
요새 개 금두 좋다는디 어제두 개장수 트럭 지나가대
저렇게 좋다구 꼬리 치는디 성가시다구 팔 수두 읎구 그런
대유
헐 수 읎이 죽을 때꺼정 같이 살아야쥬
저만 개 시집살이 만났다니께유
거기 애들은 개게기 안 혀?
안 허유

두 분 부모님이 개띠이고
아들도 사위도 개띠라는 말을 하려다 참았다
아침부터 개들과 씨름하느라 집도 비우지 못하는 나를

하늘에 계신 엄마가 내려다본다면 분명

이렇게 말씀하실 거다

쓸디읇이 시절 핀다고

앵두

당신이 꿈으로 오신 밤
반가움에 화들짝 깨어난 잠

말 한마디 못한 아쉬움
달아난 잠이 불러들인 아침

문을 열고 나가니 밤사이
그리움은 어제보다 더 붉어지고

차마 입에 넣지 못하는
붉다가 지쳐 토하는 상실의 진액

벌써 삼 년
가지마다 검게 마른 상흔으로
이맘때면 찾아드는

미처 깨닫지 못한 뒤늦은 후회
그리움이 붉어간다

패랭이꽃

칠월보다 수월히 지나간다며
늦은 안부 묻는 팔월 끝자락
커튼 걷어 젖히는 떨리는 손

침상에 엎드린 듯 웅크려 누워
그늘 빛 수줍게 시들어 가는
실눈 뜨는 마른 꽃 한 송이

햇살에 눈 맞추며 배시시 웃는
빛바랜 연분홍 미소
마른 꽃잎은 향기를 잊었다

조용히 써 보인 초록의 다짐들
이미 지나간 꿈이 되어버리고
어느덧 시작된 못내 서운한 이별

꽃잎 떠난 자리 검게 박혀버린 미련
햇살 여물어 늘어진 작은 주머니
팔월의 그림자를 네게 보낸다

과녁

들녘 바람에 묻히는
수많은 바람의 발자국을 본다

바람이 만드는 허공의 길
동그란 꿈이 길을 지키고 있다

모세혈관의 끝에서 시작된 꿈
두 발을 바람의 출발점에 세웠다

흔들리는 마음 다잡아
다시 한 번 허공 들이키며 바라본다

가지 못한 바람길 다시 일어나
또 한 번의 긴장을 팽팽하게 당긴다

심호흡 크게 하고 응시하는 곳
바람이 또 다른 하나의 길을 여는 동안

꿈 향한 질주 본능 묵묵히 기다리는

깊이를 알 수 없는 동그란 심연

소리의 바다

바닷가 여름 숲에는
맴맴맴 매앰맴~
소리의 파도가 밀려온다

파도가 밀려와 부서지듯
소리로 몰려와 잦아드는
파도를 흉내 내는 매미 소리

쉼 없이 밀려오는 파도는 신의 영역
바다의 가르침에 목청 높이는 사이
하늘은 벌써 저만치 높아져 있다

바닷가 숲에는
파도의 노래 배우는 매미들
쉼이 없는 한낮 목청의 열기 뜨겁다

하얗게 부서지는 물거품은
파란 하늘 향한 바다의 결백
매미의 소리 표절은 불문율이다

관폭도

비가 내린다
추녀에서 떨어지는 빗방울은
폭포의 작은 물줄기

집은 폭포 속에 들어앉고
도랑에 물은 불어나
흐르는 소리 만든다

홈통에서 튕겨 오르는 물보라
엎드린 고양이의 졸리운 눈
비를 맞고 서 있는 앞산 뒷산

붓끝에서의 탄생을 꿈꾸는 듯
쏟아지는 빗소리 따라 잠시
평안을 담은 한 폭의 수묵화

그 정적의 순간
거문고 소리 들린다

자연인

맑은 공기로 육신 닦아
청정한 물로 정신 씻어 내리는

산이 내어주는
너른 바위에 자리 펴고

거문고 소리에
시름 얹어 보내자니

폭포수 무심함이 부러워라
흐르는 물에 흘려보낸 인연

물 따라 스스로 놓여나는
마음의 매듭이 풀어지는

그려내는 한 폭 풍경
누구나 한번 그려보던 삶

한 점 자연이 되고픈

내 안에서 꿈꾸는 세상

어릿광대

어릿광대 요양원 무대
망구, 망백의 배우와 관객들
오늘은 또 어떤 공연이 펼쳐질까

흐려진 눈과 어두운 귀가 만들어 가는
우스갯짓과 우스갯말의 노랫가락
박자도 음정도 가사도 저 생김대로

그러거나 말거나
얼렁뚱땅 엉터리 어릿광대 인기는 최고
휠체어에 앉아 기울어진 어깨춤 추고
침상에 누워 팔 흔들며 웃어 주는 어르신

균형 잃은 얼굴의 편마비 근육들이
제멋대로 일그러지는 미소의 호응
두 손 귀에 모아 소리로 보는 어두운 눈
101호에서 106호까지 신명 나는 한 바퀴

허공을 가르는 외침에 시선 집중

다섯 살로 돌아간 어릿광대 언니 찾는다
피카추 인형 없어졌다
찾아내라 떼쓰는 소리

먼 나라 꿈꾸는 희미한 눈빛은
세월의 무게만큼 바랜 기억의 굴레 돌리며
죄 없는 허공 향해 웃고 역정 내는

한바탕 삶이 지나는 짧고도 긴 여정
잠시 잊는 남은 시름 뒤로
모두가 어릿광대 서로가 관객이 되는
생의 마지막 무대

순례

생각이 많을 때
잡초 무성한
텃밭에 나가 풀을 뽑는다

다툼에서 밀리는 작물의 엄살
박해받는 것들의 끈질긴 생명력
지켜야 할 생의 경계가 애매하다

인기척에 놀란 개구리 뛰어 나가고
풀잎은 긴장하여 움츠러들고
풀벌레 소리 뚝 끊긴다

오금 저리도록 쪼그려 앉아
잡념의 근원 찾아
두 손 빌어 나선 길

풀물 짙어가는 낯익은 손
오래전 사 남매의 든든했던 울타리
풀뿌리에 달려 나오는 엄마의 손마디

낮과 밤이 없던 들녘의 수행
어미를 먹고 자란 거미 같은 자식들
어머니의 종교는 자식이었다

벚나무와 가을 길을 걷다

일남 사거리 지나 팔봉산 향하는
길가에 벚나무 늘어서서
마을의 울타리 되었다

마을에는
봄이면 벚나무와 하나로 꽃 피우는
마음들이 계절을 피고 지며 산다

여름날 짙푸른 터널 지날 때면
발 아래 밟히는 낙엽의 편안한 감촉
발끝에 젖어드는 넉넉한 마음

겨울날 저수지 물안개
떠오르는 햇살 너머 무지개가 만드는
동화의 나라 들어가는 문이 열린다

비 내리는 구월의 금요일 오후
노랗게 쓰인 이야기
벚나무가 건네는 가을의 초대장

귀퉁이 바래어 밟히는 계절

초대장에 쓰인 주소 벗나무 따라

이 가을을 걷는다

시절 피는 아침

제3부

겨울이 **시** 쓰다

밥 먹자

짝을 만난 큰아이 떠나고
직장 찾아 홀로선 막내

곁에 남은 것은
목줄에 매인 수캐 두 마리

어라!
개가 목줄에 매인 것이 아니라
내가 개에게 업으로 묶여 있다

궂은 날씨 전화로 먼저 듣는 개 안부
내 밥보다 우선인 녀석들 안부
입 안의 침이 쓰다

홀로 받는 밥상
달아난 입맛 찾아보지만
어떤 맛도
함께 먹던 밥맛을 따라갈 수 없다

며칠을 벼르다 홀로 들어선 식당

몇 분이세요 하는 검색어

다리에 공연한 힘을 실어 통과다

요즘 자주 하게 되는 말

밥 먹자

겨울이 시 쓰다

주변을 돌면서 안절부절
코를 킁킁거리다가
앞발로 흙 긁으며
똥줄 타는 자리의 탐색

한참 헤매더니 네 발 모아 서서
엉덩이 들고 바르르 떤다

치켜 올린 꼬리 아래
길게 누운 시 한 줄

눈이 마주치자 부끄러운 듯
뒷발로 흙을 차서 가린다

시제를 받아 들고 끙끙대며
낡은 단어의 헛간에서 숨바꼭질 한나절

시 한 줄 검게 써 내린

겨울이 너는 좋겠다

*겨울 : 집에서 키우는 수캐 이름

길

새벽닭 울음이
산골의 오늘을 열었다

강아지 낑낑대는 소리
밤을 밝힌 고양이는 그제야 잠자리 들고
마당에 널린 새벽의 그림자 쓸어내는
대나무 빗자루 소리는
어린 시절의 문을 두드리는 그리움

시간 속에 묻히던
비질 소리로 되살아나는 기억 언저리
애틋함 찾아 걸어보는

아침마당 비질 소리에
잠깐씩 들러 가는 유년의
시절

나뭇잎 사이 반짝이는 길
오늘을

설레는 마음이 앞장선다

단풍에 들다

그의 바지 뒤춤을 잡고 걷던 적이 있다
옆으로 남녀가 지나가면 저들은
어떤 사이일까 생각을 했다

절벽을 이은 철제 사다리를 오르고
암벽의 비탈을 지나며 절벽 아래로
그를 밀어버리고 싶은 충동이 들기도 했다

어느 날 뉴스에 나올 수 있을 생각을
머릿속으로 도리질하면서도 흘끔
다시 절벽 아래를 내려다보았다

거기에는 아직도
시들지 못한 가시의 진통으로
푸른 여름의 그림자가 짙게 누워 있었다

그림자의 무게가 바위처럼 커지던
지치도록 길었던 여름의 막바지
그를 잡고 있던 손이 풀리고 말았다

녹음의 열기로 데어버린 감정의 실체들이
뜨겁게 속살 보이던 찰나
어둠과 함께 다른 세상의 문이 열렸다

바위 같은 무게로 눌리던 선택의 순간
절벽 아래 그를 밀어버리듯
스스로 구르며 떨어졌다

푸르던 여름의 터널을 나오니
높은 하늘이 깊은 계절을 드리운다
흰머리 순리 따라

곁을 파고드는 시절과 정 들이는데
뒤란에서 툭 하고 감 떨어지는
삶의 일침 알리는 소리

감을 두 손 공손히 돌 위에 올려놓고
바라보는 나무의 주홍빛 짙어가는
잎의 가운데를 벌레에게 내어준

감잎의 단풍이

눈에 들어오는 오후

저 감잎처럼 물들고 싶다

봄밤

지난밤
바람의 뻔한 수작질
온 밤 홀딱 새우며
꿈꾸는 순백의 사랑

팝콘처럼 하얗게
부풀어 터지는
싱숭생숭 봄 향기에
눈을 뜨고 꾸는 꿈

밤마다 개골개골
사랑의 세레나데
꽃잎으로 번지는 소문
축제가 시작되었다

산을 오르며

부모님 찾아 나서는 길
가깝다 얕잡았더니 숨이 가쁘다

두 분을 산에 모신 지 여러 해
그곳에서 잘 지내고 계시나 보다
꿈에조차 들르지 않으신다

새들의 소리가 두 분 말씀 같고
풀냄새 가슴이 먹먹하게 젖어 드는
발자국마다 찍히는 설움과 그리움

삶의 산 오르며
자식으로 살아내던 날들의 푸념이
장마철 하늘의 구름과도 같던 철없음
소낙비라도 맞는다면 죄스러움이 덜하려나

아버지 생전에 어머니에 대한 미안함을
내 비춰며 가쁜 숨 몰아가며 오르시던
올봄 어머니 봉분 옆에 피어난 할미꽃

뒤늦게 철들어 가는 자식이

석양 등지고 오르는 산길

커지는 그리움 그림자 앞세우며 걷는데

놀란 고라니 칡넝쿨 뒤에 숨는다

백묵

초록의 칠판에 하얀
글자만 되는 줄 알았던 백묵

글자로 몸 떨어내던
몽당 백묵이 날아가

꾸벅꾸벅 졸던 머리의
정수리 딱 소리 내며 맞혔다

숨죽이는 웃음도 잠깐
모두가 정신 차려 집중하는 칠판에
제 살 깎으며 써 내리는 글

수년간 백묵의
살신성인으로 배우고 익힌 지식

칠판에 하얀 글씨 지워내듯
지워져서는 안 될 백묵의 가르침

졸지 말고 한눈팔지 말고
백묵의 글자 깨우치라는

딱 소리 나는 가르침

빈 들판에서

추수 끝낸 들녘에
질서정연하게 남겨진 벼의 그루터기

추수가 끝나면 빈 들녘이라고
흙이 잠자는 시간이라고
그런 말들을 했다

계절의 순행 속에
그루터기 제 살 만드는
흙의 쉼 없는 자정의 시간

보이는 것만이 전부가 아니듯
빈 들녘은
비어 있지 않다

내년의
희망이 숨을 이어가는 곳

빈 들녘에서

흙으로 살아가는

삶의 숨소리 듣는다

우리 날개는

오고 가는 때를 지키는
철새들의 비행이 시작되었다

선두 바꾸어 가며
무리 이끌고 떠나는 먼 길

하늘을 날아가는
허공의 질서에는 흩어짐이 없다

끼룩끼룩 소리에 맞춰
서로의 좌우가 되어 하늘을 날고 있다

내가 더 잘났다고
큰 소리로 떠들지 않고
더 힘이 세다고
앞으로 나서지 않는다

끼룩끼룩 소리에
순리가 내놓은

좌우 자리 서로의 응원 날갯짓

각자의 역할 찾아 정연하게 무리 지어 날고 있다

새는

좌우 평행을 배려하는 순리로 날아간다

개화

골방 벽에는 우주를 품은
씨앗의 주머니 매달았다

어린 시절 누이와
숨바꼭질에 숨어들던 곳

꿀단지 깨고 야단맞을까 들어앉아
창호지 구멍 내어 밖을 살피던

자라면서 고지식함으로
얻어진 별명 골방 선비

새해 달력 나오면
제삿날부터 표시하는
골방 선비의 효심

명절 연휴 해외여행 웬 난리
자식들 성화

개화의 문 열렸다

강

투명하지 못한 눈웃음
너와 나 사이로
언제부턴가 보이지 않는
강이 흐르게 되었다

봄에서 여름으로
계절이 넘어가는 동안
강의 폭은 넓어지고 물살은
소용돌이를 만들며 흘러갔다

서로의 침묵이
마주하는 사이
강에는 가을의 낙조가 앉고
오해의 깊이로 어두워졌다

바라보는 것조차 짐짓 피하는
시간의 어색한 흐름은
어느덧 겨울이 되고
마음이 강물처럼 얼어버린다면

얼음 위를 미끄러지듯 달려
네게로 갈수 있다면
강물이 꽝꽝 얼어붙는
이 겨울 춥지 않겠다

폭설

막차로 집에 가는 길
낮부터 내리던 함박눈은
세상 덮을 것처럼 내려 쌓이고
어둠 속에서 눈빛이 주변을 밝힌다

발목까지 덮이는 눈길 뜻밖의 동행
바람이 나뭇가지 흔들 때마다
안개처럼 시야를 흐렸다
그 애 집은 한참 전에 지나쳤다

움푹 들어간 곳 디디며 벗겨진 신발
넘어지는 나를 붙잡아
한 짝의 신 주워 눈을 털어
입김을 신발에 불어 넣었다

눈빛으로 밝히는 길
집까지 바래다 주고
손 흔들며 함박눈 퍼붓던
어둠 속으로 뛰어가던 젊음

눈이 펑펑 내리면 어쩌다 생각나는
눈처럼 빛나던 순백의 지난날
노을 속에 걸어가며 가끔 꺼내어 본다

이번 겨울에는 눈길을 한 번 걸어야겠다
그리고 그때는 고마웠다고
너무 늦어버린 인사를 해야겠다

겨울 나그네

무엇을 찾아 길 나섰는가
길 위에서 잠시 밀려난 나그네
발길 잡는 겨울 저수지
물빛이 깊어진다

언제나 제 자리
기다림만 하다가
나그네 반기는 듯
발길 따라 물살 출렁인다

웬만한 추위에도 얼지 않는
가슴 깊은 저수지 한가운데
청둥오리 무리 지어 섬이 된다

고개를 깃 속에 묻고
서로 몸 기대어 만든 작은 섬
철새들 온기가 저수지 겨울밤을 지킨다

물안개 피어오르는 저수지 아침

작고 단단한 섬 청둥오리 같던 사람

홀로 또 다른 섬이 되어

겨울바람의 길을 나선다

나무와 물의 사랑

저수지 갓길 지나며 사랑을 보았다
길가의 나뭇가지들이
한곳을 향하여
굽어 있는 것을

물을 향하여
뿌리 내리고
가지를 뻗는 나무
나무와 물의 절대적 관계

실가지 끝까지 물 나르며
혹한 추위도 견디는
나무와 물의 보이지 않는
불변의 사랑

제자리 떠날 줄 모르는
서로를 향한 그리움의 뿌리로
꿋꿋하게 사랑 지켜가는
나무와 물은

신의 영원한 사랑

시절 피는 아침

제4부

영산홍 또 그런다

약속

맑은 대낮에
먹구름 드리우더니
눈발이 성성하다

반가워 나와 보니
눈은 내리는데
눈 자취 사라진다

첫눈 오면
만나기로 한 사람
약속한 장소에

가야 하나 말아야 하나

갈등의 시간
올해 내린 첫눈
너는 무효다

발자국 찍히도록

내려야 첫눈이라 하자
손가락 도장 걸어둘 것을

산골은

앞산 능선에 가을이 앉으면

서늘한 바람이
산 그림자 앞세워
골짜기 미끄러지듯 내려오면
참나무 마른 잎들이
탬버린 흔들 듯
깊어지는 가을을 노래한다

세월 지나며 여위어 가는
늙은 감나무 마른 몸
시절의 무게만큼
붉은 감꽃을 피우고
깊어진 가을 문빗장 열었다

산 능선이 햇살에 잠 깨면
감나무 사랑방에
골짜기 식구들 모여앉아
어느 집 잔치 이야기

깊어지는 가을 따라 풍성해진다

해마다 이맘때는
늙은 감나무집 넓은 마당에
나그네 맞는 온기 피어나
떠나려는 계절을
가지 끝 붉은 등 걸어 배웅한다

향기를 물다

오래된 사과나무
작은 꽃 몇 송이 피더니
나비가 날아와 앉았다

비바람 견디며
꿋꿋하게 지켜낸
새콤하고 달큼한 땀의 향기

아이의 주먹처럼 작은 몸속에
태양을 가득 담아
수고에 깃드는 겸손의 향내

신이 약속한 가을
입안 가득해지는 원죄의 유혹
태양의 향기 품은 금단의 열매

이브는
나무에 올라 가을의 향기
덥석 베어 물었다

영산홍 또 그런다

어느 해부턴가
잎에 단풍 들이며
한 번 더 시절 피우는
오래된 영산홍

잎에 물드는 단풍도
꽃처럼 예쁘건만
철 지난 바람에 떨고 있는
서리에 젖은 연분홍 얇은 옷차림

담장 아래 노란 국화
길가 맨드라미 서로 바라보는

계절의 경계가 무너져 버린
가을날 들려주는 봄의 세상
영산홍 시절 피는 이야기

산골에 거미집을 짓고

거미는 빛을 보고
집을 짓는다
빛 향해 날아들다
거미줄에 걸리는 벌레

집 앞 가로등
달빛 같은 은근함
밤이면 마당과 방 안까지 찾아와
제집처럼 드러눕고

길들은 거미줄 된다
앞집과 윗집
이웃들 인정이 심심찮게
오가며 걸린다

오늘은
호박죽과 약밥이 따뜻하다
마음이 든든해지는
산골 거미집에 산다

낙엽 밟는 소리

바람이 낙엽을 모아
소리로 길 내었다
바스락바스락
알몸이 된 나뭇가지에 전하는
낙엽의 안부

잎 떨군 가지 사이로
높아진 하늘과
깊어진 저수지 물빛이 닮아가고
물 위에 투영된 가을

잠시 서서 눈을 파는 사이
발아래 바스스 낙엽 스치는 소리
화사의 초록 꼬리가
가을 속으로 숨어든다

맛집 비밀

손님이 몰려든다
삼대를 이어 내려온 소문이
골짜기까지 퍼졌다

맛도 좋고 경치도 좋다고
수시로 찾아드는 단골
종업원 없이 혼자서
손님 맞는

나이 많으신 감나무 맛집
브레이크 타임도 없다
잠깐 졸다가도 미소로 맞는
언제든 쉬어가라는 인심

키가 크고 마른 주인
한결같은 너그러운 미소
깍깍거리는 수다쟁이 조용해지고
찾아드는 모두가 가족이 되는

삼대를 내려오는 홍시 맛
세상 이야기 맛 섞어가는
삭아 드는 뿌리
내일로 향하는 움 키운다

볕 좋은날

볕 따뜻한 곳에
풋콩 다발 꺾어다 놓고
콩까기 한다

그릇에 담기는 덜 여문 콩을 보니
내가 앉았던 자리에 벌써
여러 해 전

아버지가 앉으셔 콩을 까셨다

꼬투리에서 나오는 아버지 음성
풋내가 먹먹히 가슴 때리며
맴도는 생각들이 동그랗게 쥐어지는

가을볕에 걸터앉아
아버지와 나란히 풋콩 깐다

마당가 노랗게 핀 국화에
벌과 나비가 찾아들고

전봇대에 앉은 까마귀 소리

옛 생각 퉁퉁 불어난 풋콩
아버지 앉으시던 자리 비켜
돌아보는 시간

가을이 소리 없이 찾아든 날
콩알 같은 말씀 놓칠세라
손 안에 꼭 쥐는 기억
콩꼬투리 열며 아버지 음성 듣는
볕 좋은 날

개복숭아 나무에 달린 호박

가뭄 동안 흙에 붙어
심드렁하니 누워 지내기에
순한 줄 알았더니

가을장마로 기력 보충 했나
쑥부쟁이 도깨비풀 타고 넘더니
개복숭아 나무에 속내 올렸다

막무가내 가지 사이 널뛰기하며
가로세로 줄 잇고 잎 펼치어
연둣빛 애호박 주렁주렁 달았다

크고 작은 호박 세 자매
쪼르륵 매달린 개복숭아 가지
떨어질까 부러질까 걱정과 함께
아침마다 즐겨보는 호박 짓거리

맷돌 호박 극성에
개복숭아 졸지에 호박의 유모 노릇

된서리 내려야 끝이 나려나

꼼짝없이 당하는 개복숭아 육아 독박

안개에 덮이다

안개에 덮인 산골이
늦잠을 잔다
저수지에 날아든 철새 청둥오리도
안개 속에서 쉬고 있다
눈앞의 세상 감싸고 있는 안개

저수지의 울타리
벚나무 뿌리처럼
나무의 가지들은 안개 속으로 뿌리를 내려
가지의 끝을 감추고 있다

안개 골짜기에 심어 보는 물방울 사유
속절없이 후드득 져버린 꽃잎도
바람 따라 훌훌 가지 떠나간 잎도
안개 따라 오고 갔다

산골이 안개를 덮고
늦잠 자는 계절에
제자리 지키던 사유의 뿌리들이

안개를 타고 물속으로

물속으로 뿌리를 늘이고 있다

단풍이 곱다

서리가 내리니
가죽나무 잎이 붉은 꽃 같고
싸리나무 잎들은
노랗게 피어난 국화 같다

서리, 된서리 맞아야 단풍이 곱구나
내 정수리에도
내려앉은 서리가 오래건만

삶에 내렸던 된서리
몇 번이나 되었던가
거울을 본다

가죽나무 잎만큼
싸리나무 잎만큼
나도 고와졌는지

시절 피며 살아온 길
어떤 빛으로 물들고 있는지

깊은 향 들국화도 아닌

노랗게 물들어 가는

싸리나무 잎만 되어도 좋겠다

빈 들녘에 오시다

찬바람 속에 피어나는 연백초
저 닮은
개망초 곁에서 꽃 피운다

늦가을 비워지는 들녘에
들기름 냄새 편편하다
불현듯 그리운 엄마의 밥상

가마솥에 밥 지어
깨소금 넣어 간장으로 간 하고
들기름에 비벼서

아궁이 불길에 몸 말린
김 한 장으로 몸 두른
나란히 누운 네 줄의 김밥

그 위에 피어났던 망초꽃 한 송이
어릴 적 소풍날
엄마표 도시락 추억

어디선가 가을 태우는
들깻단의 연기로 찾아드는
늦은 오후의 들녘이

연백초 들꽃으로
엄마와 걸어오고 있다

저문 강가에서

늙은 느티나무의
가슴 태우는 노란 연서가
저녁 바람에 부쳐지는

땅거미 내려앉는 강가
억새꽃 조용히 손 흔들어
강물을 배웅하고

그곳에 찾아든 우리는
전생의 어떤 인연이었을까
못다한 사랑 찾아든 연인처럼

허락되지 않은 은밀한 만남
선홍의 불빛으로 가슴 태우며
허공에서 사라지는 불티

어느새 떠오르는 달빛마저
이별을 재촉하는 듯
은빛 커튼 내려지는 저녁

시간이 강물의 손을 잡고 흐르고 있다

용현계곡 단풍 치마

계곡의 햇살 따라나선
단풍 아씨 나들이 간다

오후의 짧은 햇살
산 그림자 바람 드는
한 겹씩 벗겨지는 치맛자락

스치는 바람 옷깃에 파고들어
비치는 속살 발그레한
한껏 붉어지는 얼굴
노을 뒤로 숨어보는 부끄러움

짓궂은 물살은
치맛자락 움켜쥐어 달아나고
노을이 손 뻗어 잡아보는
단풍잎 붉은 치마

가을은 깊어가는
계절의 수줍음으로

붉은 치마 펼치어 두르고 있다

문힘시선 038

시절 피는 아침

발행일 2025년 12월 21일

지은이 이자영
펴낸이 이순옥

펴낸곳 도서출판 문화의힘
　　　　등록 364-0000117
　　　　주소 대전광역시 동구 대전천북로 30-2(1층)
　　　　전화 042-633-6537
　　　　전송 0505-489-6537

ISBN 979-11-994438-6-0
ⓒ 이자영 2025

|값 11,000원|